El Libro de la Selva

© The Walt Disney Company
Impreso en Los Estados Unidos
ISBN: 1-57082-223-9
10 9 8 7 6 5 4 3 2 1

Un día, en lo profundo de la selva, una pantera llamada Bagheera encontró a un bebé dentro de un bote varado a la orilla de un río.

Bagheera dejó al bebé en la entrada de la guarida
de una familia de lobos que hacía poco había
tenido cachorros, con la esperanza de que cuidaran
de él. Afortunadamente, luego de olfatearlo por
aquí y por allá, la mamá loba tomó al bebé y lo
introdujo en la cueva.

Durante diez años, el muchacho, al que llamaron Mowgli, se crió como un lobato. Mowgli amaba a su familia y era el preferido de todos los lobos de la manada. Bagheera lo visitaba a menudo y se alegraba de ver lo feliz que era el muchacho en su nuevo hogar. Sin embargo, la pantera sabía que tarde o temprano Mowgli tendría que volver con los suyos.

7

Una noche, los lobos más ancianos convocaron al Consejo de la manada. Akela, el líder, les dijo que el feroz tigre Shere Khan había regresado a esa parte de la selva. Shere Khan se había propuesto matar a Mowgli para evitar que se convirtiera algún día en cazador. Los ancianos decidieron que el muchacho debía marcharse, tanto por su propio bien como por el de la manada.

Akela comunicó a Rama, el padre de Mowgli, las
malas noticias.

–Pero Mowgli no podrá sobrevivir solo en la selva
–protestó Rama.

–Tal vez yo pueda ayudar –dijo Bagheera–. Conozco
una aldea de los hombres donde estará a salvo.

–Entonces que así sea –contestó Akela–. Apresúrense,
pues no hay tiempo que perder.

Y así, Bagheera y Mowgli se adentraron en la selva.

–Te llevaré a una aldea de los hombres –le explicó
Bagheera a Mowgli. Y luego le contó del regreso
de Shere Khan.

–¡Sé cuidarme solo! –insistió Mowgli.

–Pasaremos aquí la noche –dijo
Bagheera mientras se recostaban
sobre la rama de un gran árbol.

Pero en cuanto Bagheera se quedó
dormido, apareció Kaa, la serpiente.
–¡Qué apetitoso cachorro de hombre!
–siseó.

Pero Mowgli quería que lo dejaran en paz.–
¡Vete de aquí! –le dijo a la serpiente, malhumorado.
Pero en vez de marcharse, la serpiente usó el poder
especial de sus ojos hipnotizadores para poner a
Mowgli en trance.

Mientras Mowgli caía en trance, Kaa enrolló su larga cola alrededor del cuerpo del muchacho.

Bagheera, dándose cuenta de lo que sucedía, se abalanzó sobre la serpiente y ¡PUM! le dio un golpe en la cabeza.

¡La enfurecida serpiente se alejó deslizándose con un nudo en la cola!

A la mañana siguiente, Bagheera y Mowgli despertaron
al oír un terrible estruendo que provenía de abajo.

—¡Un desfile! —gritó Mowgli, entusiasmado, mientras
bajaba por una liana para ver el espectáculo de cerca.

Bagheera sólo atinó a cubrir sus oídos. —Oh, no. Es la
patrulla de elefantes otra vez —dijo con desánimo.

Después de unos segundos, apareció una columna de elefantes marchando y cantando, dirigidos por el Coronel Hathi. El coronel conducía a su manada como si fuera un batallón y exigía orden y disciplina de todos los elefantes, incluso de su pequeño hijo.

Para Mowgli el desfile de los elefantes era grandioso. –¡Hola! –dijo al alcanzar al elefante bebé–. ¿Puedo unirme a ustedes?

–Claro –contestó el pequeño elefante–. Pero no hables en la fila. ¡Va contra las reglas!

Mowgli se inclinó y comenzó a marchar en cuatro patas. Pero cuando el Coronel Hathi ordenó a la tropa dar media vuelta, Mowgli siguió caminando en la misma dirección y ¡BUM! ¡Chocó con su nuevo amiguito!

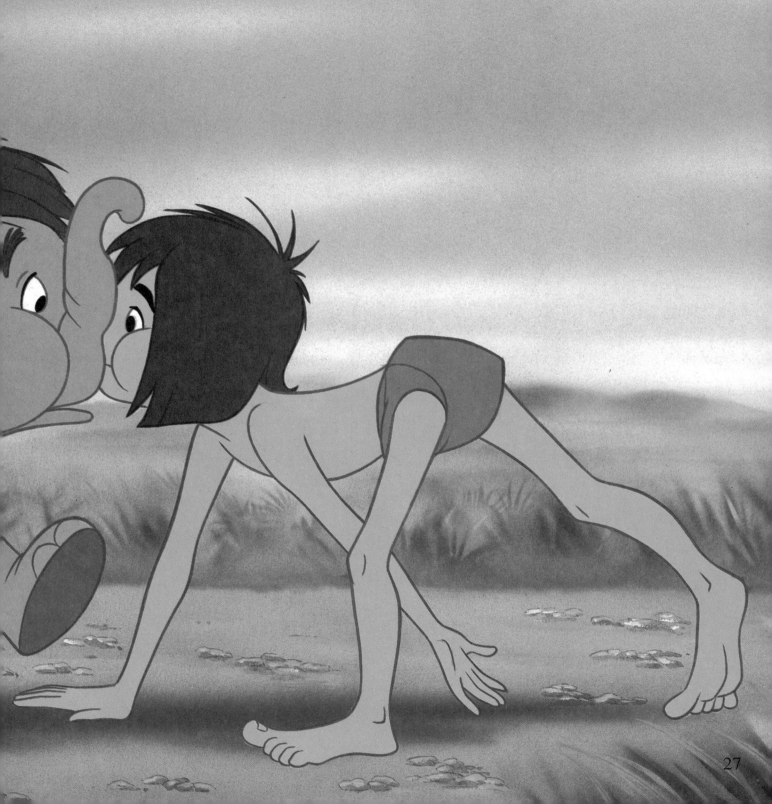

Luego llegó la hora de la inspección. Todos los elefantes
se pusieron en posición firme y el Coronel Hathi comenzó
a revisarles las trompas uno por uno. Cuando le llegó el
turno a Mowgli, el muchacho estiró la nariz lo más que pudo.

Justo en ese momento apareció Bagheera.
—El cachorro humano viaja conmigo —explicó—,
lo llevo a la aldea de los hombres, donde se
quedará a vivir. Le doy mi palabra.

—Está bien, porque recuerda, un elefante jamás
olvida —replicó el Coronel Hathi.

Bagheera insistió en llevar a Mowgli a la aldea
de los hombres de inmediato, pero el cachorro
humano se negó.

—Está bien, ¡de aquí en adelante te cuidarás
solo! —le advirtió la pantera, mientras Mowgli
se adentraba en la selva.

Cuando Mowgli se detuvo a descansar,
apareció merodeando un oso grande y muy
alegre llamado Baloo. Baloo se dio cuenta
de que el cachorro humano tenía mucho
que aprender si quería sobrevivir en la selva.

Baloo le enseñó a Mowgli cómo encontrar, sin gran esfuerzo, alimentos sabrosos, como hormigas, plátanos y cocos.

Los dos nuevos amigos se lanzaron al agua y se pusieron a flotar río abajo. —Vas a ser un oso magnífico —dijo Baloo. Mowgli tuvo que admitir que en verdad la vida de Baloo estaba llena de diversión.

De pronto, el tranquilo paseo de Mowgli
sobre la barriga de Baloo se vio abruptamente
interrumpido cuando un mono agarró al
muchacho y se lo llevó entre los árboles.

—¡Suéltenme! —gritó Mowgli, mientras los
traviesos monos lo lanzaban de un lado a otro.

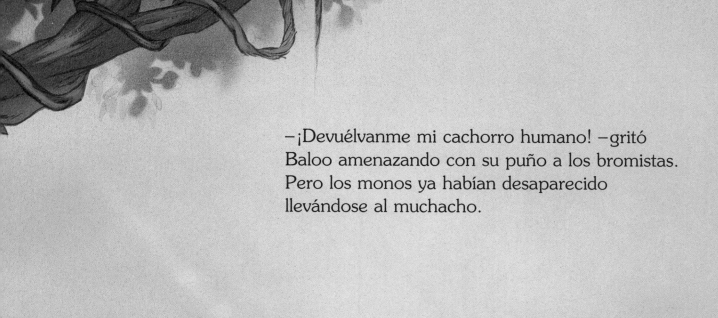

–¡Devuélvanme mi cachorro humano! –gritó
Baloo amenazando con su puño a los bromistas.
Pero los monos ya habían desaparecido
llevándose al muchacho.

Al poco rato Mowgli se encontró frente a frente con el Rey Louie, un orangután que deseaba con ansias convertirse en ser humano. El rey confiaba en que Mowgli le enseñaría el secreto del fuego.

En lo alto del balcón del templo del Rey Louie,
Baloo y Bagheera escuchaban con atención.

—Distráelos mientras yo rescato a Mowgli —le
ordenó la pantera a Baloo.

Rápidamente Baloo ideó un plan. Se
disfrazó de mono y entró por la puerta
bailando y cantando. El Rey Louie lo cogió
de la mano y comenzaron a bailar por todo
el patio, balanceándose de un lado a otro.

Mientras tanto, Bagheera trataba de rescatar a Mowgli. Pero cada vez que se acercaba, el muchacho se alejaba bailando.

De pronto, sucedió algo terrible. ¡El disfraz
de Baloo se vino abajo justo en frente del
Rey Louie!

—¡Es el oso Baloo! —gritaron los monos.

Con el tumulto que se armó, el templo del Rey Louie comenzó a derrumbarse. Baloo consiguió que el orangután sujetara una sección del templo, pero luego él también terminó haciendo lo mismo.

Las rocas volaron por todas partes cuando Baloo finalmente soltó el techo del templo. Los tres amigos huyeron hacia la selva.

—¡Esa sí que fue una fiesta movida! —exclamó Baloo.

Aquella noche, Bagheera convenció a Baloo
de que la selva era muy peligrosa para Mowgli.
Cuando Baloo le explicó al muchacho que
debía llevarlo a la aldea de los hombres, el
cachorro humano se adentró corriendo en
la selva.

No muy lejos de ahí, Shere Khan
merodeaba entre la hierba
esperando sorprender a
alguna presa.

Pero la cacería de Shere Khan terminó antes
de que pudiera empezar, pues la brigada del
Coronel Hathi irrumpió por entre los arbustos.
Bagheera también escuchó a los elefantes y
corrió a pedirles que le ayudaran a buscar a
Mowgli.

Nadie lo sabía, pero en ese preciso instante
Mowgli se encontraba a merced de Kaa,
la serpiente.

–Puedes confiar en mí –dijo Kaa, mirando
fijamente a Mowgli.

Pero de repente alguien jaló a la serpiente de la cola. —Me gustaría hablar contigo, si no te importa —dijo Shere Khan.

—¡Qué sorpresa! —contestó la serpiente un tanto nerviosa. No quería que Shere Khan se enterara de que tenía a Mowgli escondido en el árbol. ¡Quería al cachorro humano sólo para ella!

—Me pareció que hablabas con alguien allá
arriba —dijo el tigre con tono amenazador.

—¡Oh, no! —replicó la serpiente.

—Entonces no te importará que vea tus
anillos, ¿verdad? —añadió Shere Khan.
Kaa no pudo evitarlo. Tuvo que soltar
a Mowgli al desenrollar su cuerpo.

En cuanto Shere Khan se hubo marchado,
Mowgli bajó por una liana y huyó. Había
aprendido su lección: ¡jamás debía confiar
en esa tramposa serpiente!

Al atardecer, Mowgli se encontró con cuatro buitres muy aburridos y algo tontos. Las aves comenzaron a burlarse de él, pero Mowgli se veía tan solo y triste que los buitres decidieron que mejor serían sus amigos.

Sin embargo, los buitres no permanecieron mucho tiempo con él. En cuanto divisaron a Shere Khan, alzaron el vuelo dejando a Mowgli completamente solo.

–¡No te tengo miedo! –dijo Mowgli al sorprendido tigre.

A Shere Khan le hizo gracia el valor de
Mowgli y le dio una oportunidad de escapar.
Pero Mowgli permaneció donde estaba, sin
moverse. El tigre perdió la paciencia e
intentó abalanzarse sobre el muchacho
con sus afiladas garras.

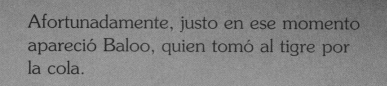

Afortunadamente, justo en ese momento
apareció Baloo, quien tomó al tigre por
la cola.

–Corre, Mowgli, corre –gritó el oso
mientras sujetaba la cola del tigre. Los
buitres cogieron a Mowgli y lo llevaron
a un lugar seguro, lejos de Shere Khan.

De pronto el cielo se oscureció y un rayo cayó sobre un árbol cercano. Los buitres le contaron a Mowgli el gran secreto: el fuego era lo único que Shere Khan temía.

—¡Suéltenme! —gritó Mowgli—. ¡Baloo me
necesita! Tomó una rama ardiente mientras
los buitres se abalanzaban sobre Shere Khan.

Mientras Shere Khan trataba de deshacerse de los buitres, Mowgli se acercó sigilosamente al tigre y le ató la rama ardiente a la cola. El tigre huyó despavorido, internándose en la selva.

Cuando los buitres se acercaron a Mowgli
para felicitarlo, lo encontraron arrodillado
al lado de su querido amigo Baloo.

—Levántate Baloo. Por favor, levántate —le
rogaba el acongojado muchacho. El valiente
oso permanecía totalmente inmóvil bajo la
fría lluvia que comenzaba a caer.

Al cabo de un rato, Baloo abrió los ojos
como si no le hubiese pasado nada.

—Nunca me sentí mejor. Sólo estaba
descansando un poco —explicó.

Mowgli rió y dio a Baloo un gran
abrazo de oso.

Para ese entonces, Bagheera ya estaba con
ellos, así que los tres amigos se internaron
una vez más en la selva. Cuando se acercaron
a la aldea de los hombres, Mowgli divisó a
una hermosa niña que sacaba agua del río.

–¿Qué es eso? –preguntó a sus amigos.

–Olvídate de ellas. Lo único que hacen
es causar problemas –contestó Baloo.

Pero como Mowgli era muy curioso avanzó
cautelosamente para ver mejor. –¡Nunca
había visto una antes! –exclamó.

Baloo y Bagheera observaron cómo
Mowgli tomaba la jarra de la niña y la
seguía. Al entrar a la aldea, Mowgli se
volteó y sonrió a sus amigos.

–Algún día tenía que suceder, Baloo –dijo
Bagheera–. Ahora Mowgli está con los suyos.

Luego Baloo y Bagheera regresaron abrazados
a la selva tarareando una canción.